청어詩人選 430

발견의 본능

최관수 제8시집

시인의 말

'발견의 본능'이란 제호로 여덟 번째 시집을 낸다.
시집에 수록된 72편의 시를 쓰면서
발견에 접근하려 힘썼다.
발견은 다른 말로 발명을 위한 과정으로 본다.
발명을 위한 수많은 시선과 관계, 실천
그리고 시행착오가 발견이다.
세월이 누적될수록 발견의 촉이 무뎌지고
새로움에 대한 신비로움보다 안착하고자 하는
타성에 대한 경종이다.
발견을 시도할수록 설렘과 호기심으로
주변을 신선하게 한다.

차례

2부 그대 향한 길

3부 지금

4부   햇빛 몰리던 날

1부

동구나무

동구나무

홀로이 서서
바람결에 샤워한다
모두 떠나 버린 날 초저녁
깊은 시름 속에서 셈을 한다
귀여웠던 새순
참으로 무성도 했었지

그 망울망울 부풀었던 새끼들
혼미한 중에 펌프질로 먹이고
모두가 떠나 버린 뒤 새벽녘
나는 이슬 한 모금씩 목을 축이며
몸까지 벗은 줄도 모르고
눈물이 발끝에 흐르는 줄도 모르고
홀로이 서서 한해 그믐달이 뜨면
희뿌연 배를 열고 다시 금을 그었지

그랬었지
숨바꼭질로 기대왔던 아이가
어른이 되고 할아버지 놀던 곳에
다시 찾아와 옛날이야기 하곤 했지
그렇단다, 나도 속으로 대답했다
나도 모르는 사이 이름 하나 들려왔다
나를 동구나무라 맘대로 부르며
멀리서도 나를 생각한다고 말했다

마음에서 자라고 있다고 말했다

귀향

나 오늘도 올라간다
오래전에 시작되었던 대로
하늘로 올라간다
오르는 높이는 미세하여
천천히 움직이고
쉬었다 오르는 듯

가벼워지는 습관에
양털처럼 가벼우면 쉬울 듯
마음이 몸을 인도하는 듯
눈을 감고 숨을 멈추면
더 쉽게 오르는 듯

오르는 길
마음의 사다리 타고
나 오늘도 올라간다

금지된 땅
-DMZ

안개 휘감고 돌아간 자국마다
이슬 머금은 야생화 수줍게 피어나
서투른 기도 모아 손길 스치고 싶다

순수로 알았던 자연의 뭍 생명은
신성한 땅에서 제 키보다 웃자라지만,
자유가 구속된 철조망에 제 몸 부딪치고
오가는 바람결 따라서라도 어디든 가리라
꿈의 연륜이 누적돼 온 지 어언 60년
구름도 머뭇거리는 낯선 신비의 땅
문명도 멈춰 선 중생대 밀림의 땅

평화를 갈구하는 산비둘기들 눈망울에
민족이 하나 되는 희망 모아진 그날
오래 참아온 손길마다 종려 잎 들고
비무장 지대 그 신성의 땅 웅온한 곳에서
그 원대한 에너지를 용광로에 채우고
인류의 적폐인 세상 무기 모두 녹여
평화의 종 빚어 세계만방에 내걸고
미래로 향하는 땅끝까지 울리게 하리라

편지

-세월호

저는 기다리지 못하고 떠납니다
세상을 넘기니 현란한 색채가
어둠의 공간이 한 결로 간결해요

그러나 저는 어둠을 뚫고
물결 날개 달고 자유로운 영혼으로
어머니 눈물 닦아드려요
문득문득 슬퍼질 때 부서진 희망
허둥거리는 아버지 마음에서
정신 들게 할 거예요

저를 위해 슬퍼하지 마셔요
이렇게 옆에 앉은 천사인 걸요
배운 대로 효도하고 싶었어요
이젠 다시 저를 찾진 마셔요
모든 곳에 제가 있을 거예요
바람이 가지 흔들어 춤추고
햇살 따라 여행하고 있어요

이젠 저를 위해 울지 마셔요
제가 슬픔을 먹고 미소 될게요
어머니, 아버지 가슴속에 살며
희망으로 꽃이 될게요

웅비하는 보령

역사를 딛고 솟아오른 역동의 아침
부챗살로 펼쳐진 햇살이 눈부시다
성주산 옹골진 소나무 숲 헤쳐 온 세월
웅온한 정기 머금고 보령 산하에 내리고
기름진 평야 한내 천 구비 돌아
사시사철 튼실한 먹거리가 화답하니
보령의 산하에 풍요의 꿈 머금었다

새롭게 시작하는 새 보령의 기상에
순후한 인정으로 두터운 정 다져놓고
자유로운 시민의 선량한 생각으로
앞다투어 찾아오는 희망의 보령 땅
오늘따라 누워있던 용기들이 고개 들고
의욕과 화합에 초롱한 눈빛 마주하고
삶의 현장마다 구릿빛 땀 냄새에
하얗게 터지는 밝은 미소 모아지니
화목한 가정, 가정 웃음꽃 이어지네

이천십사년 칠월 첫날 예비한 대로
장엄한 시작 발돋움의 도약대에서
우리의 푸른 기수를 앞장세우고

저마다의 타고난 재능과 지혜로 빚어
만세보령 행진에 앞다투어 나서세
우리들의 행진에는 질서가 있고
어린아이는 들어서 어깨 위 무등 태우고
고사리 닮은 손가락 뻗어 기쁨을 향하고
다정한 부부와 부부는 손과 손을 잡고
보리피리 나눠 불던 옛 친구들은
어깨동무로 신념에 찬 빛나는 눈동자
주인의 자리는 서로서로 양보하고
활기 넘치는 만세보령이 펼쳐진다

연로하신 동네 어르신 모시기를 힘쓰고
지팡이가 되고 눈과 귀의 역할 하니
농촌의 구슬땀으로 시민들이 활보하고
관광보령은 우리의 젖줄, 우리의 미래
찾아오는 손님들에 온 거리가 범람한다
조상대대 가꾸어온 우리의 터전 보령
아버지는 성주산 닮아 늠름하시고
서해바다 품 안에 어머니 사랑 넘친다

웅비하는 우리의 땅 새 보령

시민의 정성이 한마음 가득 차고
보령을 이끄는 역동의 힘 보령의 시장
우리 두 손 들어 신의를 보내자
사회 중심 동구나무를 닮으신 어르신들
든든한 가장은 번창으로 질주하고
벼 이삭 영 글리는 훈풍의 마음으로
살림 살찌우는 자애로운 어머니
자녀마다 넘기는 책장에 미래가 열리고
등 두드리는 스승님 따라 더 높게 나아간다
오늘 이 찬란한 햇살 가슴 깊이 지니고
보령의 영광 시민의 번창
웅비하는 새 보령 대문을 활짝 열었다

글씨

글씨를 쓴다
산과 강이 흐른다
산맥 따라 뼈가 있고
강물 따라 피가 흐른다

글씨를 쓴다
글씨는 글의 씨앗
착한 마음 시키면
부드러운 곡선
나쁜 마음 번지면
뾰족해진 칼

글씨를 쓰신다
자연에 글씨를 쓰신다
자연은 땅에다 쓰는 글씨

말

꽃처럼 말하라
곱게 가꾸어서
꽃처럼 말하라

꽃의 말은 사랑이니
생명 흐르는 이에게
사랑스럽게 말하라

그때마다
행복을 차지하리니

늘보 가을

온종일 내리쬐는
슬금슬금 게으른 햇살
또르르 구르는 도토리 알

햇살 적셔져 붉은 얼굴
슬며시 터지는 함박웃음에
허수아비 어리둥절 배꼽 챙기네

산 넘던 구름 서서
수줍게 흘리는 황소 미소에
새끼구름 손을 놓고

빛에 찔린 저 바람은
황금 들녘 드레스 휘날리고
컥컥 숨차 양지 찾아 잠이 든다

두꺼운 입술 말수 적은 과부는
올해도 풍년이구만
함지박 미소 너무 헤프다

손거울
-한 여울목에서

맑은 물속에 손을 담그면
약간 휜 듯한 도톰하고 흰 손등
조약돌 꺼내 들면
송사리 놀라서 꼬리치지만
금세 수정처럼 맑던 시냇물

풋풋하던 고운 마음씨 모아
한여울이라 이름했던 제2집에
그 환하던 얼굴마다 터진 미소
이제 세월은 좀 흘렀지

그 순수가 자라서 넓어진 그늘 안에
작가들로 채워진 한여울 결
자애로운 여인들로 성황이다
올곧은 글 줄기 이랑과 고랑
흔적 따라서 일상으로 뻗어 있다

다시 한번 거울을 들여다보니
이제 세월은 좀 흘렀지
주춤주춤 참아왔던 미소
화장대 가장자리에 앉게 하고
고운 분칠로 글 길을 걸어가네
손거울에 비추었던 30세 그 얼굴

혼을 두드리며
-보령예술정신으로

내 눈 속에 별빛이 찾아와
머리 풀어 달빛에 헹구고
화룡점정의 순간을 간직한
용의 머리에 왕관이 씌워지면
예술은 혼문을 비집고 들어온다

내 힘이 다하여 쓰러지는 그때
인고가 녹은 구화로 부르튼 입술도
족필로 흘러간 먹물에 선혈이 섞여도
나태하거나 게으름의 노예일 때에는
총명의 자식들은 눈길을 감춘다

놋그릇 닦기를 멈추지 않는 자
면경에 비춰진 예술의 얼굴
예술을 입기 위해 생명을 다하고
발견의 촉수로 시침바느질할 때
빈틈없는 더듬이질의 절정에서
예술과 만나는 찰나의 감촉
내가 명품일 때 예술과 짝이 된다

머리나 입이 만든 것에는 향내가 없다
뜨거운 가슴 속 용광로에 달궈진 쇳물로
사랑의 형체 빚어 우러난 명품이
믿음의 결정체 사랑을 이루어
상대와 틈을 지울 때만 예술은 피어난다

첫눈 우체국 앞에서

봄부터 앉아 있던
저 빨간 우체통
언제부터 앉아 있었나
저 웅크린 소녀가
기다리는 분홍빛 소식이
언제 올지 나도 모른다
하지만 오늘 첫눈이 온다
첫눈 오는 날 누군가 올 것 같다
아니 소식이라도 올 것 같다

나도 소녀처럼
우체통 곁에 앉았다
그 옆에 앉으면 소식을 들을까

첫눈이 내린다
12월 첫날
소담스러운 함박눈이 내린다
온종일 내리는 함박눈
세상의 모든 이들은
첫눈처럼 기쁜 일을 기다린다
하얀 이를 드러내고 오는 첫눈
행복을 기다린다
희망을 기다린다

짐을 내려놓진 마십시오

지고 가는 짐이 너무 무거워
벗어 버리고 싶을 때가 있습니다
짐이 무거워 정상까지 오르기에는
힘들고 어려움이 있어도
정상에 올라 짐을 풀어 보면
보물들로 가득 찬 내용물을 보고
인생의 보람을 느끼게 됩니다

세상에서 무거운 짐이 어렵다고
쉽게 내려놓진 마십시오
어려운 일보다도 기쁨도 보람도
행복의 짐 속에 있습니다

내 짐을 남에게 맡기고
건들건들 걸어가는 모습은
얼마나 허접한 일인가
아버지 짐 스승의 짐 가장의 짐
사회의 짐 남편의 짐 아내의 짐
짐이 없는 인생은 얼마나 허전한 일인가

일이 어렵다고 버거워 마십시오
일이 있을 때 그곳에서 기쁨도 희망도
반갑게 피어납니다
나이의 짐이 무겁다고 탓하지 마십시오
남들은 내가 쌓아 놓은 경륜의 높이에서
감동하고 희망으로 삼고 있습니다
신망을 가진 자가 세상의 주인입니다

*힘겹고 어려워도 정의를 위해 뚜벅뚜벅 걸어가는 사람들을 위하여-

길

인연의 길이 있다

삼리우(三利友)가 있다
정직한 이와 벗하고
성실한 이와 벗이 되며
박식한 이와 벗이 된다

벗과 같이 떠나는 여행길에서
외롭거나 슬퍼할 일이 생겨도
성실한 이와 벗하면 편하다

판단이 되지 않아 밤을 새운 날
정직한 이와 사소하게 만나도
잘못된 이유가 내게 있었음을
우직하게 깨닫고 의의 길을 간다

무식하다 또한 무식하다 하는 중에
올바로 알고 있는 그 중 한 사람
그 사람을 만나면 지난 50년
인연의 올곧은 길이었음을
새로운 깨달음에 다시 길이 된다

눈이 녹기 전에

은빛 카펫이
세상 끝까지 깔렸다

층층 상록수 결 따라
정결과 순수로
낮은 데로 임하는
균형의 겸허함으로
일깨우게 하는 이 섭리

마음 얼어 녹슨 풍경 닦아
고요히 울리게 하는 이 밤
걸어온 발자국에 흰 눈 쌓이고
이 흑백의 담백한 조화에
덩그렁 덩그렁
용서와 화해를 서둘러서
눈이 녹기 전에 서둘러서
두 손 모으는 이 밤

겨울, 고요에 잠들다
-김석원 초대전

겨울 해는 중천에 떠있다
햇볕 한 줌, 살바람 한줄기가
앞뜰을 쓸고 간다

정적이 흐르는 공간에는
50여 년간 한 결의 시선에
빛의 교차가 빚은 겨울 정물 차려있다
담백한 색의 조화로 이룬
순백의 마음을 따뜻하게 덥힌다

사진과 일생을 걸어온 신사
탐하거나 탓하지 않는 이
작품과의 대화로 말을 소진한 사람
맑은 심안으로 사물을 보고
투명한 혜안이 시간을 얼게 하였다
멈춰진 시간 담아 선사하고 있다

시간 앞에는 초개와도 같은 만물
여백의 고결은 공간에 기대는 것
겨울, 사계절 사나이 그는
바위 닮아 묵묵하게 앉아
세월을 낚아 융단을 깔았다

때로는
경쾌한 노래의 파랑새가 되어
눈꽃의 하루살이를 영원에 안내했다
빈틈없이 시간을 꿰매어
공간예술로 생명을 부여하였다
예술가 김석원을 영원에 서게 했다

희생이 미래를 키웠다
-추모시

소용돌이치던 격동의 한반도에
광복의 기쁨을 누리지 못한 채
1950년 6월 25일 새벽 4시
도라산을 넘어온 인민군의 총칼은
참혹한 동족상잔의 슬픔을 가슴에 안겼다

눈을 비비며 맨주먹과 붉은 피 흘린 생명들
쓰러진 어머니 빈 젖을 빨던 갓난아기
선혈이 낭자한 손발로 연명해 온 세월
한민족의 시련을 넘어온 백의민족
허리띠 동여맨 재건의 역사로 이룬 기적

앞당겨 살아온 경제와 대바늘 시침의 건설에
일찍 모시지 못한 원혼님을 위로할 자리는
작은 정성들을 모아 역사의 자리에 모시고
이루지 못한 충정은 우리 행동을 주장하고
정신을 관통하시니 오늘 이곳에 함께하신다

고난과 고통의 슬픈 세월은 의지를 세웠다
값진 희생과 장미보다 붉은 6월의 정열은
애국정신을 키워 우리는 해내고 있다
내세울 것은 성실과 근면과 정신력
세계만방에 평화를 심는 우리의 소원은
기필코 평화적 통일을 이루리라

고귀한 희생에 가슴 미어지는 미망인도
세월의 잔주름에 인생이 덮여 가더라도
선진 국가의 간성이 된 듬직한 손자의
빛나는 눈동자에 찍힌 미래의 청사진의
넘치는 미소는 할아버지 닮아 늘 푸르다

언 땅 즐기는 뿌리

가지 흔들던 삭풍이 지나고
소복이 내린 찬 눈 등에 지고
앙상한 몸 뒤척이는 차가운 밤
열매를 잉태했던 가지마다
찬바람 쉴 틈 없이 몰아친다

의지할 데 없는 앙상한 가지
무성했던 이파리와 춤추던
그 추억 사이로 군불 지피며
언 땅 더듬이 세워 먹이 찾아 헤매며
칠흑의 어둠을 허둥거리는 뿌리
오직 믿고 서 있는 앙상한 나무

멀리서 들리는 봄소식에도
언 땅은 미동도 없는 철갑이다
빈손 들고 나서는 뿌리의 희망에
잠겼던 겨울 시냇물 흐르면서
머리 풀어 산발한 채 탁발의 봄
언 땅 즐기는 뿌리도 한줄기 미소

2부

그대 향한 길

그대 향한 길

바다와 해변 사이
조용히 놓여 진 반듯한 길
오늘 밤에도 그 길에는
정결하게 깔아놓은 사념
진종일 안개가 되어 바다를 누르고
파도 소리 되어 거리를 덮는다

바람이 흔들거려도 숲은 멀고
지저귀는 새소리로 찾아간다
그대로도 적막한 가을밤 하늘을
기러기 떼 울며 간다

모래밭 해초도 바람결에 가볍다
흔적 없는 바다와 해변에
물결 혀만 고독하다
온 마음이 하나 되어
드넓은 이 공간도
그대의 품에 안기어 있다

소담자리

정갈하고 깔끔한 마음으로
정성 넣어 버무리면
먹음직한 맛이 우러난다
몸에 좋은 자양분을
조물조물 주물러서
서둘러 정성을 차리는 마음

도톰하고 하얀 손이
야무지고 부지런한 손끝으로
겸양 넣어 오래 버무리어
오막하고 하얀 흰 그릇에
세워 담아내어 놓은
소담한 밥상

담담하고 소소하고 다소곳이
소리 없는 정숙한 수라상
시아버지 진지 상차림으로
양념이 겹치지 않은
투명하고 담백한 그 맛
소담자리

나무내음

남풍에 실린 솔향이 가득하고
서해 넉넉한 물결 밀려와
만나는 곳 나무내음

해안도로에 몸을 싣고
느리게 교차하는 시간과
정겨운 대화의 자리
나무내음

그리움이 쌓이고
외로움을 흩어지는 곳
나무내음을 기억하는 연인들
사랑이 익어 다정한 만남
이곳을 찾아오는 귀빈은
행운의 기쁨이 넘친다

시인으로 가라

어깨를 누르고
한밤 가위눌리는
육신이 떳떳하지 못한 채
서평하랴 심사하랴
밥그릇만 챙겨서야 되겠는가
이제는 다시, 늦었다 다시
시인으로 가라
착각이 금물이게 시인으로 가라

사람도 못 하면서
사랑을 할 수 있겠는가
그 몸으로
시인을 할 수 있겠는가
시인으로 가라
시인이라 하였으니 세상 책임져라
시인으로 가라

이제는 틈 없이, 흠 없이
순간순간도 시인으로 가라
아니라면 차라리
죽어라, 시인이란 말을 죽여라

낯섦이 다가올 때

발끝에 힘을 주어
징검다리 건너던 때
모두가 물이고 내 발끝에
맞닿는 바위 돌 징검다리
조심조심 건너간다

눈을 감고 대평원을 걷는다
내 발끝이 알고 있는 발 딛는 땅
나와 상관없는 땅들이 있어
안심하고 건너간다

알고 있다는 것은 날카로운 것
알고 있다는 것은 나를 해칠 수 있다
나와 무관한 것에서 도움을 받는다

낯섦은 나를 도와준다

어깨동무

수평선에 이는 군무
그 안개 걷히면
올망졸망한 섬들이
징검다리처럼
온 바다가 경이롭다
그 능력 깊은 고향
마그마의 장애를 뚫고
표면에 다다른 희망의 상징

그 섬들은 바닷속 산맥
능력이 장애를 이겼지만
바다에서 태어났다
성주산, 우뚝 솟은 저 산
혼자가 아니다
저 우뚝 솟아 있는 친구들
친구들이 들어 올린 장엄함

친구가 좋아 어깨동무
어깨동무한 산 성주산
능력이 뛰어나도 마테호른 같은
혼자 큰 산은 섬이지만
신의를 공유하면 산맥을 이룬다

배움의 꿈길
-대천중학교 동문에게

영롱한 눈빛의 망울들은
여울에 뛰어올라 자웅을 겨루고
잔잔한 햇살에 반짝반짝 빛나면서
물보라 속에 하얀 이를 드러내고
미소를 머금으며 강물로 흘러갔다

흐르는 강물에서 어깨동무하며
책 읽는 소리 합창 되어 노래가 되고
뛰놀던 운동장에서 골격을 다듬으며
우리는 머나먼 장도의 꿈길을 향해
제각기 준비한 소선의 깃발 나부끼며
웅지의 날을 세우며 미래의 희망을 키웠다

교문이 터지게 성장한 우리들은
한결같은 졸업장을 가슴에 안고
더 큰 세상을 짊어질 상아의 길로
부챗살보다 더 넓게 흩어졌었다

마음의 고향 찾아 우리는 다시 모여
모태의 그리움이 정박하는 이곳에
각양각색 모자이크 조각이 되어
어머니의 이름이 된 배움의 모태로
되돌아갈 순 없지만 우리가 지닌 자양분으로
뿌리에 힘을 주고 열매를 감싸고 있다

그리운 시절의 꿈들은
명문의 동문답게 현실이 되고
저마다 지닌 지혜와 실력으로
책임 있는 주인의 역할이 모여
자랑스러운 우리 동문의 저력이 되고
후배는 따르고 선배는 이끌고 스승을 모셔서
영광과 명예로 길이길이 빛나리라
배움의 어머니 대천중학교

소중한 선물

소복이 내린 흰 눈이
온 세상을 은빛으로 수를 놓아
백의민족의 고결함으로
나란히 서 있는 두 사람을
응원하는 손을 모읍니다

두 사람이 행복을 시작합니다
사랑의 하모니 은은한 종소리 속에서
세상에 번져 갑니다
우리는 시선을 모아 소망의
원앙의 한 쌍을 바라보며
행복과 성공을 응원합니다

지난날에 얻어진
소중한 교훈과 지혜를 모아서
이제 정성 어린 마음으로
행복의 방문을 열고 있습니다

은초롱빛 행복이 알알이
두 사람의 발끝에서
방울방울 이어 갑니다
멋진 두 사람의 미래가
마음속으로 다가옵니다
미소를 간직한 두 사람의
얼굴에서 평화를 느낍니다
그 물결이 세상에 번져 가
진실한 인생으로 피어납니다

문학의 등불
-우탁 강범우 교수님 곁에

오뉴월 청명한 새 빛
보령의 들녘 흥건히 적시고
구슬뫼 월현산방 창문 이르러
오롯한 정좌 선비의 이마에 부서지네

지혜를 받은 이 문학의 신선 우탁 명인
댓잎정신 곧고 또한 서늘한 정기
지평을 깨우는 부드러운 봄바람
얼음도 녹이는 해학과 신독의 지성은
그 옛날 흐미한 효심도 관통하고
신들린 듯 장애를 초월한 말씀에
식영의 땅 문학의 씨앗 곱게 싹틔우네

쉽게 누릴 명예와 부귀 초연히 접고
글 뿌리는 농부가 되어 황폐한 곳만 찾아
다산초당 고산정관의 궤를 잇고
이제는 무성히 피어날 수필 문학의 보고
쉼 없는 훈도는 미래를 넘겠네

향나무

먼저 미워하는 마음으로
미워하는 그 사람을 만나면
단점을 먼저 말하게 된다

좋아하는 그 사람을 만나면
무엇이라도 주고 싶은 마음에
자랄 수 있도록 도와주게 된다

악한 일을 습관으로 행하는 사람은
선한 일이 부끄럽고 싱거워서
살아생전 선한 일을 할 수 없다

향나무의 평생은
오직 향내는 온몸으로 준비하여
제 몸을 도끼로 찍어대는 사람에게
첫 번째 향내를 준다

의로움을 행하는 일은
원수도 힘들여 찾아서 그 원한에게
몸을 던져 희생을 차지하고
사랑을 낳게 하는 일이다

연옥의 다리
-엘림기도원

오솔길 초입에 이르렀을 때
기분이 바뀌면서 시차를 느꼈다
조용히 시간이 흐르고 있는 잔디에
각양각색의 꽃들이 병풍으로 피어 있고
봄을 가슴에 안고 손님을 맞이하였다

산언덕에 이르러 정성의 손길들은
단정한 관상수와 비단결의 잔디
외로운 영혼들의 간구와 은혜가 입혀졌을
기도원 문고리를 응시하다가 순간에
현관에 들어서서 천천히 음미하였다

낯설지 않은 기도원 예배실에서
단정하지 못한 육체를 드러내 놓고
시를 앞장세워 영혼을 구걸하면서
참으로 뻔뻔한 기도를 입술에 붙이고
소금꽃 시인의 시 방언을 간구하였다

길가에 이름을 모른대도 하늘거리는 들꽃
지천에 있어도 발견의 무색한 본능
마음 문빗장 사이로 스며든 연옥
이 하나를 채집하여 마음에 앉은
흥겨운 마음 들키지 않으면 후일에 꺼내리

사회복지 가는 길

축복의 인사가 햇살로 부서지면
정성 어린 행진으로 봉사가 이어진다
이웃을 위하고 아끼는 사람들이 모여
복을 심고 가꾸고 나눠주어
행복이 번져가는 행복의 영토
사람은 한 가족 우리 모두 힘 모아
상처받은 사람을 위로하고
병든 사람 눈물을 닦아주고
골짜기 영혼을 사랑 모아 치유하는
몸을 태워가는 촛불의 희생으로

사회 안에서 울고 웃은 사람이어야
기다리며 염원하는 복지를 열어준다
내 몸이 닳아도 그 흔적마다
봉사의 씨앗이 나란히 뿌려지고
비록 몽당연필로 쓸모없을지라도
진정 올곧고 보람된 인생이었다는
그 숭고한 이름표의 주인이 돼라
시간을 쓴 사람은 하늘과 땅의 뜻 받아
들녘에 봉사의 꽃 만개하게 하니
풍요로운 자연에 화답한다

사회복지를 꿈꾸는 이는
외로이 사색하는 자의 미소가 되고
수십 번 물어오는 앵무새 치매
친절하라! 친절하라! 친절하라!!
친절은 나의 치매를 치료해 준다
청결한 거리, 청랑(晴朗)한 마음
행복이 지름길로 달려오고
모르는 사람들과 어깨동무하면
모두가 시샘하는 낙원으로 번지고
대대손손 살아가는 복지의 영토

사회복지 힘 모으면 다가오는 새 시대
자손만대 살아갈 땅 행복의 나라

*사회복지사의 숭고한 실천을 꿈꾸며.

우정이 사는 우체국

나는 일주일에 한 번은 우체국에 들러
소포와 편지를 부친다
편지 속에는 답장이 있고 안부가 있다
오늘 아침과 같은 이 창광한 날에는
나와 가까운 사람들의 생일이었으면 좋겠다
어려움을 뚫고 혼란을 벗어나 병마를 이긴
끝까지 붙잡은 인연의 치맛자락
이 모든 것을 극복하고 만난 오늘 아침
나에게도 찾아온 이 봄날의 찬연한 햇살
부챗살로 내려꽂히는 이 장엄한 햇살 사이에서
나는 철없이 엎드려 우정을 줍고 싶다

옆자리에 있던 우정을 안으로 밀어주며
결국 계산대에서 마지막까지 서 있는 우정을 닮고 싶다
아직까지 살아있는 섬세한 우정의 촉을 세워
진정 우정을 끝까지 추적하는 그 우정의 가장자리라도
내가 함께 앉아있다면 햇살 한 줌은 나에게 돌아오리라
나는 우체국에서 우정을 부치고 싶다

말라깽이 우체부의 연서를 키워준
파블로 네루다의 진실의 우표를 부치고 싶다

*친구 이준성, 이홍원, 한동희에게 이 시를 부친다.

성주사지(聖住寺址)

-신도비(神道碑) 앞에서

초가을 스산한 바람이
비면(碑面)을 쓸고 가면
8월 화염 무더위에 지친
피로가 좀 풀리셨나

죄송함에 눈 올바로 못하고
다시 비문을 읊조리면
서툴러서 바로 읽지 못하고
흐릿한 눈빛에 뒤돌아
경내를 돌며 백팔번뇌 심정으로
비 앞에 서서 정연히 묵도하니
이윽고 품 열어 비문을 허락하네

가을 뜨락

가을 내음 묻어나는
뜨락의 소산
그리움의 바라기
정갈한 손짓 편안하다

풍년처럼 붉은 항아리
그리움의 손짓
희긋희긋 들꽃 하늘거리고
황후 되어 차려입은 해바라기

맷철*의 서곡 음율 곁들여
오롯이 차려 정숙한 가을 정물화

*맷철: 강원도 방언으로 '가을'을 뜻함.

어리석음에서

어리석음에서 줄기차게 달려온
지혜를 붙잡고 세상을 살아간다

어리석음은 거짓이 없어 정직하다
정성을 다하고 몇 번이고 망설이며
다시 돌아보고 고치고 멈칫하니
조심스럽게 더듬어 말을 한다
어리석음은 늘 그림자에 가려 있다
오랜 시간이 지나 정제된 사실만을 가려
반짝이는 지혜를 낳는다

수없는 어리석음의 습관에서
쉬지 않고 연습과 복습이 어우러져
사람이 지혜롭다 하는 과녁을 향한다
구슬 같은 작은 지혜들을 거느린
어리석을 줄 아는 우직함은
언제나 기적이라는 이름으로 다가왔다

진정으로 어리석다는 것은
큰 그릇을 빚는 미완성의 과정이고
지혜로움은 반짝이는 조각을 볼 뿐이다
지혜로 비껴간 물줄기는 가라앉고
어리석다 여울에 부딪친 물방울은
정성으로 햇살 받아 무지개 되어
어울리고 어울려 지금에 이르렀다
반짝이는 삶을 유영하고 있다

돌이 좋은 사람들

시공의 무궁한 나락에서
항성의 궤적에 연연하다가
우주의 사리가 되어 지구의 몸에 박혔다

수억의 나이테를 거느리고
찰나의 빛에 쪼여 모퉁이 어디에
서성이며 오래된 습관에서 잠을 자는
내 모습을 보는 인류는 존경이나 감동이다

운 좋은 날 나를 좋아하는 사람을 만나
문신을 새기고 꽃단장하는 나는 이제
낯선 곳 지구 모퉁이에 서서 잠을 청한다

해가 노크하면 좋아하는 사람에 끌려
순수한 심성을 먹고 착한 덧칠을 받고
순결한 상처의 정 소리도 반가워하며
천년 꿈의 노래를 채워 가고 있다

소박하여 정이 넘치는 부부를 만나
행복한 꿈도 비몽 간 잠시에 머물고
어디론가 정처 없는 여행길에서
반짝이는 정 소리보다 아름다운
만남을 추억하며 태초의 그 자리에
그 모습 그대로 어느 모퉁이에 서 있다

*돌이 좋은 사람들: 오종환 대표 부부의 심성.

흰 고무신
-1969년 초여름

아버지는 새벽녘까지 활대보의
명주 두루마기를 쳐다보았다
어젯밤 숯불 다리미로 다리고
가느실로 동정을 정성껏 다신 어머니

한저녁 어둠 헤치고 전해진 부고
툇마루 끝에 놓고 간 누릿한 봉투는
긴 세월을 왕래하던 아버지 친구가
돌아갔다는 통지문이었다

아버지 눈길은 새삼 예리하게도
시선을 놓지 않고 다가올 끝을 예견한 듯
말씀이 날카롭고 행동이 각졌다
새벽 일찍 정갈하게 닦아 마른 수건질 한
흰 고무신이 댓돌 위에 가지런하다

아버지는 댓님을 쳐 매고 먼 산을 보며
직선으로 걸음을 시작하였다
상갓집에는 수많은 신발이 엉켜 있었고
징검징검 흙발로 남의 신발을 밟고 있었다

나는 한쪽 벽에 기대어 흰 고무신 두 짝을 꽉 쥐고
아버지 조상 모습을 열심히 배우고 있었다
두 시간 서 있는 나에게 아주머니 한 분은
부침개와 국수를 챙겨 쟁반에 담아
먹는 모습을 지키는 듯 절절히 권했다
멸치국수 국물이 빈속 밑바닥을 따뜻하게 적셨다
나는 참으로 맛있는 국물만 천천히 마셨다

긴 시간 침묵을 안고 한 발 뒤에 종종 걸어서
아버지 뒷모습만 바라보면서 집에 왔다
댓돌 아래에 흰 고무신을 벗으며 마루 첫발에
친구분의 이름을 들릴 듯 말 듯 조용히 독백했다
오가면서 신었던 반듯한 자색 구두와 흰 신발
정갈한 흰 고무신을 살피면서 걸어왔을
아버지의 일생을 오늘 긴 호흡으로 생각했다

어리석은 자유

어리석을 때 편안하다
정리되지 않은 일터에서
손만 대면 바로 일할 수 있는
어리숙한 분위기가 정감 있다

어리석을 때 지혜를 꿈꾸고
시행착오를 줄여가며
언젠가는 과녁의 중심에 이르러
헤어나지 못하는 중심에서
그 중앙에 이르게 하는 어리석음

어리석다는 말을 들을 때
마음이 편하고 모든 것이 자유다
어리석음은 제쳐 두니
그 넓은 공간에서 어리석음끼리 즐기고
어리석음을 믿고 올라오는 지혜
지혜도 언제인가 어리석음이었다
쉬지 않고 달려온 어리석음은
놀라운 지혜를 낳는다

3부

지금

지금

소년 하나가 있었다

부모를 잃고 언덕을 오르다
눈물에 어리는 반짝이는 돌멩이
주머니에 넣고
외로울 때, 슬플 때에도
감사할 때, 은혜로울 때에도
돌멩이를 매만지며 견딘 세월
빛나는 보석이 되었다

처음부터 보석은 없다

황금 백금 금덩이의 높은 가치
세류를 금으로 저울질한다

그러나
가장 가치 있는 것은 바로 지금이다
지금 무엇을 하는가에 따라
미래는 지금 결정된다

표절을 먹다

경전을 선물 받고
기세춘 표정에 마음 끌렸다

896쪽 분량의 역서
두 번째 읽는 중에
뚜렷한 홑단어
필경(筆耕)

글자는 이랑에 피어나고
고랑을 파서 물을 대고
책을 펴서 쟁기질한다?

일만 번 모필 하기로 마음 정하고
오늘도 표절한다
반환점을 넘겼으니
쟁기질에 제법 이력이 났다

만 사람에게 나눠 드려야 한다

*"종심소욕불유구(從心所欲不踰矩): 마음이 하고자 하는 대로 해도 정도를 넘지 않는다" 윤문자 시인께서 주신 공자 경전을 받고 그의 삶을 본받고 싶은 강한 충동이 일었다.

보령 시대를 열며

-2022년 12월 보령정례회 축시

우리 역할과 책임을 다한 현장의 실천에서
보람을 간직한 2022년의 끝자락에 서서
지난날을 겸허히 성찰하고 새 희망의 포부를 연다

만세보령의 도도한 웅비의 현장에서
저마다 피어나는 미소에 화답으로 시작하고
친절로 다가온 고마움은 질서를 세우고
맡은 일은 청결하게 완성하여 오늘을 열었네

웅비로 다가오는 2023년!
우리의 생애에 펼쳐지는 보령의 미래
새해에도 뜨거운 가슴 열어 보령을 사랑하자
내가 먼저 한 발 다가가 다정하게 인사하고
낮은 곳, 발걸음이 닿는 곳에서 봉사를 실천하고
감동의 누적으로 감사한 습관을 익혀가자

이 땅에 땀으로 이룩한 선조님의 유업으로
만세보령의 바탕을 굳건히 다지고
관광의 산과 들과 바다에는 인파가 범람하고
문화의 맥박은 숨차게 뛰어오르고

어른은 평안하다 하여 걱정이 줄어들고
청소년의 꿈은 미래의 보령 상아탑을 세우고
젊은이는 땀방울에 어리는 보람으로 서로 신뢰하며
우리 어우러져 만세보령을 함께 열어 가자

만세보령 행복의 영토에서
새해의 각오와 부푼 기대는 웅대하고
시민의 권리와 행복을 위하여 함께 진력하고
지혜로운 머리와 뜨거운 가슴으로 책임을 짊어진
우리의 발걸음은 힘차고 당당하다

감사의 발견

하얀 밤을 이룬 시어들로 채워
비좁아진 우리 둥지를 열어 보면
그 속에 어깨를 으쓱하게 하는 언어와
존재감을 부풀렸던 믿음과 배려가 있고
더 나은 결정체를 위해 지혜를 모았다

상처가 되기 전 위로로 치유했고
능력을 발견하면 맨발로 달려갔다
충고의 방법을 궁리하고 고민하다가
잘 안될 때도 있음을 공감하고
우리 오래 또 오래 걸어왔으니
내 손에도 감사의 조건이 쥐어졌다

다시 일어나 주변을 살펴보니
가능성과 긍정이 차려있고
돋움판을 밟아 도약대에 손 모으니
이웃이 다 함께 미소로 다가오고
글 잘 봤어! 공감이야 글 잘 썼더라

일상을 밝혀 주는 정다운 그 말
하늘 오선지에 실천의 음표 찍고
한 여울에서 힘차게 뛰어오른 물방울을
공손히 모셔 무지개 새기니 얼굴 비치고
감사한 마음 열어 행복이라 쓴다

낙타와 바늘

낙타가 바늘구멍을 지나려면
지닌 채로 달려들 순 없겠지
시간의 틈 없이 지나려는 집념과
긴 세월 버티고 서 있을 때
탈진으로 스러져 형태를 잃고
결국은 흐느적거리다 진토가 되어
행여 바람결 따라 요행히도
바늘구멍을 꿰어 지날 수 있을까

부자가 지닌 모든 재산을 나누어주고
굶주림으로 종잇장 같은 생명으로
하나님을 뵈올 올곧은 영혼의 뼈로
육체의 고통을 초개처럼 십자가에 걸고
진토가 된 후에 틈 없이 시간을 꿰매다가
행여 수천의 어느 바람결에 실려
천국 문을 사뿐히도 넘고 넘어
하늘 시냇가 백성이 되겠지

가을 빛

이 비옥한 시간
결실의 이름과 축복 자리를
감사하게 비워 두시고
겸손이 차지하게 하시네

굽이치는 바다의 향연과
백합 향 짙은 골짜기 지나는
나의 영혼 끝자락에서
곱게 피었던 꽃의 추억
향내 배인 꽃씨 여며
꿈결 시렁에 높이 지녔다가
새봄 기다리는 즈음에
감사의 파종 순하게 여시리

가장자리 감사의 끈에 매달린
남루하고 비천한 내 영혼까지
따뜻한 눈물 마를 날 주지 않네
이 기름진 풍성한 가을
누었던 목숨도 쉽게 일어나
덩실 덩실 춤추게 하시네

너를 기다리는 동안

뻐꾸기 앉았던 자리에
새싹이 밀어 나오고
눈발에 지워진 흔적도 잊은 채
스산한 바람이 스친 지 몇 번이었나

너를 기다리는 동안
고엽도 외로워 바람과 짝이 되고
뻐꾸기 자리에 다시 눈발이 멈춰도
어린새 발자국은 쉬이 떠나더라

너를 기다리는 동안
도시의 가로수 은행잎은 편히 눕고
모락모락 햇살 피어나는 가을날
방황하던 은행잎은 흔적도 없고
그 이름은 다시 꼭대기 가지에 걸렸다

너를 기다리는 동안
흔들의자는 삭아 내려 견디지 못하고
가벼워진 무게에도 힘겨워할 때
하얗게 바람으로 다가오는 너

앙상한 다리에 힘을 모으면
일어설 수 있을까 망설이기를 몇 번
포만을 채운 가을 과부의 미소도
아랑곳없이 지워 버리는 바람

너를 기다리는 동안
이끼 낀 바위틈에 새순이 돋고
기억이 희미한 오래된 할아버지도
허리춤에서 촐랑거리던 강아지에게
이제는 찾아 나서야겠지를 배운다

너를 기다리는 동안
새 길이 길게 이어지고
여러 번 진화한 뻐꾸기가 알을 낳고
내가 진토가 된 줄도 모르는 새소리
하얀 바람으로 만나 등도 기대고
한곳으로 불어가는 바람
바람결

남해의 물보라

남해의 물빛은
다가가 보니 녹색 빛
눈 들어 멀리 보니 쪽빛이었다

거인의 발자국처럼
올망졸망 작은 무인도 군락
찰싹대는 물보라의 포말에
세월 씻긴 층층계단 바위
코끼리 바위에 드높이 부서진 파도

언제부턴가 시작된
물보라와 포말이
정겹게 동행하면서
시름을 달래고 있다

사천 유람선상에서

중천에서 내려온 햇빛
남해바다에 쓰러지니
은빛으로 수놓은 듯
별들이 노니는 군무인 듯

사천 유람선 뱃전에 서서
갈라지는 망망대해의 화살촉 되어
작은 모습에 두려운 듯
가고파와 산타 루치아를
연속해서 불러댔다
선상에 모여든 여남은 남짓한
동승객들이 하나 되어 즐거워했다

내 생애에 또다시 이를 수 있으랴
순간순간 최선으로 대하고 있다

측은한 여행

이른 새벽 버스에 오른
형형색색의 등산복 차림이
유난히도 흥겹다
다섯 시간여의 장거리 여행
이 가을 단풍 숲과 남해바다
듣기만 해도 설레는 일이다

파노라마처럼 오고 가는 차창에
화면으로 다가오는 진풍경
남도의 산하 응시하는 것만으로도 즐겁다
한편에서는 벌써 소주파티가 한창인데
여행은 아랑곳없고 질펀한 안주에 홍타령
노래방에 주사 떨며 어디인 줄도 모른다

내려서도 횟집에 술타령
돌아오는 내내 소주에 절어 유행가에 패설에
이 비싼 돈을 퍼주고 왜 길을 나서는가
참으로 측은한 여행이다
술을 돌리며 사양이면 하차하라
나는 소수가 되어 외톨이가 되었다
여행의 맛을 모르는 사람들

변화로 얻어지는 성장을 꿈에도 모른다

창선대교

사천 앞바다에는
남해의 자랑 창선대교가
태평양을 향해 뻗어있다
이 얼마나 고고한 몸부림인가

바다와 바다, 섬과 섬을
이어 놓은 창선대교
물빛과 녹색 자연의 캠퍼스
주황색 대교 3,000m
지상에서 50m 높이 오른 위용

대교를 지나면서 바라본
장대한 나무숲이 내려 보이고
발가락이 간지러운 이 느낌
마치 미래를 꿈꾸는 신비로움
화보에서나 보았던 창선대교

중간자
-먼동의 순간

어둠을 뚫고 태어나는 빛
어둠과 빛 사이 중간자에
그림자가 있다

때로 그림자는 어둠에 밟히지만
때로는 빛의 뒤꿈치를 희롱하고
어둠 속에서 휴식하는 그림자

물체 따라 그림자가 생기고
그 후 떼어 버릴 수 없는 동행
앞장서고 뒤따라온다

어둠에 식영(息影)한 그림자는
어둠을 포식하고 포만감의 절정에서
잉태한 빛을 태어나게 한다

책 읽는 소리

먼동이 터져 오솔길 열어주니
한 올 한 올 올바로 빗겨진 삼단 머리에
싸리 빗질한 앞마당이 응수하고
이슥한 밤 책 읽는 소리는 이슬에 맺혀있네

책 읽는 소리로 미래의 다리를 놓으면
구름다리 타고 희망이 건너오고
책 읽는 소리에 새들이 노래하면
넘기는 책장마다 공작새 날개 펴네

책을 읽으면 가정이 평안하고
가족이 일어나니 조상님이 춤을 추네
정신은 맑아지니 신념은 강건해지고
훌륭한 이를 모시고 대화하는 시간이네
못다 한 경험이 층층이 차려있어
지혜의 생명으로 이어지네

책 속에는 과거와 미래가 살고 있어
글 읽는 소리가 온 가정에 퍼지면
가정의 척추 되고 영혼의 뼈가 되네
영적 성장은 온전한 성장이니
몸을 이끌어주는 정신이 있네
독서기가지본(讀書起家之本)*이라 일렀으니
책 읽는 가정은 미래를 열어가네

*"독서는 집을 일으키는 근본이다" -명심보감(明心寶鑑)

은행나무 선율

해 저물 즈음에 황금빛깔
노을 배경인 은행나무는
행복에 빠져 있었다

살랑 부는 늦가을 바람이
은행나무와 마주하면
우수수 터트리는 꽃비
귀한 환경을 배경에 두고
통기타 음악회가 열리는 곳
실내는 조용하고 아늑하다

이 가을 들녘엔 풍요로움이
이 가을 통기타 선율의 범람이
그대의 귓전에 부서지리라
장중한 고요를 깨고
선율이 차올라 열기가 넘치고
누구랄 것 없이 하나가 되었다

조그맣게 차려진 고풍 덩어리는
커피 향에 쩔어 있다
선율의 여운이 찻잔에 그윽하다

백 바지

백 바지를 입은 여인에게서
역동적인 느낌이 온다
흰색은 하늘의 색인데
땅 쪽에 입으니 역동이다

아랫도리는 대지의 빛이요
윗도리는 하늘의 이치이다
단정한 옷차림에 따라
안정된 분위기가 된다

흰옷은 순수하다
어느 색깔이든 다가와서
착색되는 순수한 바탕이다

아랫도리가 엷은 색일 때
지성과 교양의 사람이라면
창의적이고 역동의 힘이 나온다

옷차림

포근한 초저녁쯤에
검정 외투 걸치고 길을 걸을 때
육각의 결정체 흰 눈이 앉으면
그 빛깔 선명해서 참 좋다

반짝이는 봄날, 어느 날
아지랑이 피어오를 때 초록 넥타이는
새싹에 더욱 싱그러워 힘이 나고
새것들을 보니 봄이다

여름에는 반짝이는 옷이 좋다
만물은 건강하게 반짝인다
나도 자연의 일부이니 반짝이고
비와 바람과 햇살 먹고 반짝인다
여름은 여물어가니 좋다

가을이 오면 햇살을 먹는다
만물은 결실을 준비하고
결실의 몸은 살을 앗겨 주름이 진다
갈무리하는 자연은 쓸쓸함도 재워
한점 빛이라도 결실을 입힌다
갈무리하는 가을은 빛을 머금어서
풍성하고 포근하다

칠갑의 산자락에

칠갑에 피어난 산화는
백제의 기상을 기억하고
장수들의 담대한 자취는
우뚝 선 참나무의 모습으로
도도한 자태, 역사를 지킨다

기슭에 흩어졌던 그림자는
신단의 영화를 노래하며
천년의 휴식에 잠겨있다
노송 사이 내리쬐는 햇살은
칠갑의 3천 횃불
백제의 영광을 노래하는
소리 없는 회상

서해바다에 응수하는
칠갑의 산맥에 서기 어리고
장엄한 몸짓 붉디붉은 정열
언제인가는 터진 함박웃음
미래의 영화를 노래하고 있다

4부

햇빛 몰리던 날

햇빛 몰리던 날
-강경의 뜰

준수한 계룡의 자락 아래
비단 강 굽이쳐 절경이 살고
햇빛 모아 은비늘 반짝이는 이곳
고산 장강의 전설이 실현되었네

붐비던 읍내 왕성했던 산물은
이제 배움의 그루터기 저력이 되어
스승의 날 발원교 겸손한 기념비에
강부자 님의 함박웃음 번지고 있네

섬기는 윤문자 시인 소금꽃 시비가
다소곳이 응수하듯 어깨동무하고
동창들의 마음 입어 학교를 지키는
정원수는 단아한 어머니꽃이네

팔십 년을 살아 온 삶의 여정이
이제는 도란도란 이정표 되어
오래전 스승의 날 편지들이
벽돌 틈새에서 조잘대고 있네

수석을 모시는 사람

-기인(奇人) 오기배

마음 문을 열어보니
우주 하나 모시고 사는
궁창 큰사람 거칠게 걷고 있다

창세 아래 수십억의 중력이
투박한 거인 손으로 어린아이가 된다
인간의 혼이 스쳐 어찌 그리 탄생할까

범인의 눈을 지나쳐서 온
저 순진무구한 작은 우주
쓰임과 질서에 맞춰 광채 난다

때론 산 사나이 어니스트 큰 바위
이미 수석과 대화 이룬 사람
세상사 초월하듯 슬픈 얼굴
기인의 등대 닮은 눈매 따라서
우주를 여행하던 선사의 흔적이
수석의 이름으로 걸어온다

친구

세월이 지나온 길목에
친구가 하나 둘 떠나가고
몸이라 믿고 의지해 온
가까운 친구까지 떠나간다

세월이 지나갈수록
하나 둘 떠나가는 머리칼
손톱 발톱도 한계를 넘겠지

무성한 곳만 서성이는 것은
진정 친구가 아니다
내 앙상한 가지 끝에 걸린
고졸한 그 하현달

이 영혼에 진정 따스한 옷은
양심으로 살아 온 친구가
베풀어 주는 나직한 신뢰이다

만나는 일

만나는 일은
참으로 반가운 일이다
생명과의 만남은
실로 축복받는 일이다

때로 사람과 사람이 만나
대화하는 일은 길겁다
남녀가 눈빛까지 만난다면
이 얼마나 섬광같은 일인가

오랜 만남은
세월 속에 만나는 일이다
반짝이는 만남은
햇살처럼 만나는 일이다

오랜 세월을 간직하고
참으로 편안한 만남은
백발로 세월을 지니는 것이다

거서간의 서녘

개척의 삽은
맨땅에 둔한 것보다
모함의 입술로 저항 당한다

새롭게 일군다는 것은
창의로 올려놓고
지식으로 유지하며
개척으로 나아간다

개척자의 정신은
뜨거운 가슴의 열정과
차가운 이성의 지혜와
두 손바닥 흥건한 땀범벅

개척의 힘은
한때 모함의 위협이 저항하나
결국 서녘의 노을을 확인하고
저항까지 초개로 삼는다

음계

세상의 음계는
자연의 순전한 조화이다
높은 비구름에서 내려오는 빗소리
낮은 낙수 물 소리도 모여 앉아
소리의 조화를 이룬다

피타고라스는 둘과 셋에서
음의 순전한 조화를 발견하고
일곱의 음계를 정리했다

인간이 완성한 음의 조화와
천상의 자연의 소리는
문명 세계의 즐거움을 준다

새소리 물소리 바람소리는
미묘하나 심성을 움직이는
누군가의 목소리에 변화하고
행동하는 삶에서 음계가 된다

사월

-세월호 지다

꽃이 저마다 모습 드러내어
온통 꽃 천지다
꽃 지면 새순 돋아
열매 맺겠지

여리디여린 선홍빛 생명
여행길 잘못 들어
드넓은 바다에 꽃잎 떨어졌다
수백의 생명을 삼키고
포말만이 악마의 트림 되어
풍랑과 폭풍우에 울고 있다

형태만 번지르르한 경제
한민족의 정신 얼빠져 허둥대고
부패와 부정, 권력에 피폐해진
가파른 부귀와 이기적 무리들
횡설수설 핑계 대는 관리들

시대에 승선한 죄인이란 말도
어림 못 하는 심연 슬픔의 깊이
인생이란 언젠가는
목기에 저녁상 받고
병풍 뒤에서 흐느낄 날이 온다

사월이 잔인한 것이 아니다
거짓이 우리를 슬프게 한다
선열을 어떻게 뵈올 것인가
울고 싶어도 얼굴 둘 곳이 없다

석화정 노을

어머니의 바다 넉넉한 품 열어
노닐고 찾아온 서해의 물결은
천수만의 고향 석화정에 이른다

하루 일과 마치고 온 둥근 해가
볼그레 선홍빛 얼굴 밀어 빗장 열면
불타는 노을 황금빛 파도 일렁인다

온종일 지켜 기다린 석화정엔
바위틈 목마른 고란이 피어 있어
새소리 물소리 바람소리도 쉬어간다

자연은 언제나 친근하고 화목하여
사람들의 벗이 되어 귀하다 이르니
맺은 인연 미소도 석화정에 머물고
구수한 인정 꽃향내 누리에 번지네

봄빛처럼 사랑을 여십시오

봄빛처럼 사랑을 여십시오
따스한 햇살 번져 스르르 봄을 채웁니다
오래된 기억 속에 산등성이 햇살처럼
주는 사랑 남루하고 초라하다 해도
그저 산등성이 어루만져 주는 햇살처럼

봄빛처럼 사랑을 펼치십시오
가보지 않은 낯선 곳에도
고갈된 사랑조각 찾아 모아서
봄처럼 여유로이 사랑을 뿌리십시오
모르는 황폐한 골짜기 음지에서
당신의 사랑이 메아리 될 것입니다

느낌표에서 사랑을 시작하여
비록 마침표의 답장을 받더라도
꼬리가 자라면 쉼표가 될 거예요
봄빛처럼 사랑을 흩뿌리십시오
먼 훗날 당신의 사랑 연서 곱게 여며
세월배달부가 바람우표 붙여
고졸한 창 넘어 날아들 것입니다

부활의 생명

한 치만 자라도 부활이다
병마에서 회복되는 일
괴로운 구역에서 깨어나는 일
기쁨을 누르고 서서히 기뻐하는 일
이 일 또한 부활이다

빛의 구렁에서 탈출하는 사람
우리를 헤치고 자연에 안기는 일
소원하였던 관계에서 먼저 전화하는 일
정성의 21일 병아리가 깨어나는 일
이 일 또한 부활의 의미이다

긍정의 순기능으로 발전하는 일
희망 담긴 충고의 말 한마디
이런 일들이 모두 부활의 방향이다

시간과 시간
세상의 모든 생명은 순간에도
부활의 시작을 하고 있다

상록수

-2019년 5월

푸른 마음이 늘 시작되는 곳
마음속에 푸른 나무와 함께
청춘의 미래를 꿈꾸어 왔다
그 그늘 아래서 희망을 키워왔다

죽림학교 낡은 교실을 고쳐
상록수문학 도서관이 열리는 날
축시(辭詩)를 낭독하고 축사(祝辭)를 하고
상록수 50호를 가슴에 안고
교문 옆에 상록수 문학비를 보면서
축하하며 기념사진을 찍었다

꿈을 꾸게 하는 상록수
언제인가는 나 자신에게도
상록수의 시원한 그늘에서
먼 훗날 젊음의 추억을 회상하며
상록수가 되어 세상에 그늘을 주는
늘 푸른 삶의 주인이고 싶다

다정한 자리
-소금꽃 2019. 3 정례모임

봄이 활짝 열려 수선화 만개하고
이제 봄을 가져왔다고 자랑한다
서산 어느 작은 마을 기와집 지붕 사이
유채꽃 수선화 만발한 오후의 햇살

윤문자 시인이 소금꽃 시비를 세우고
이홍우 시인이 한국문협 중앙이사가 되고
오영미 시인이 시집을 간행했다

어린아이같이 볼그레한 양 볼 사이
케잌을 자르며 서로 축하 인사를 하고
깊은 정들이 올라와 다정한 시인들이다

나도 따뜻한 분위기에 하나 되어
지난 10년 소금꽃 어머니 꽃을
피우기 위하여 열정으로 찾아다녔던
지난 세월이 어느새 뿌리가 되었다

동인지 10집에 이르는 과정에서
고운 정을 쌓아 정성껏 차려놓고
서로 격려하고 칭찬하고 위로하며
시를 모시는 모습으로 인생을 살고 있다

무궁화를 심으며

무궁화를 심기로 약속을 한 날
새벽부터 이슬비가 내리고 있다
잔디밭에 삽을 꽂으며
비옥한 땅에 나무를 심었다

충효예의 고장 기념비를 중심하여
반원 모양으로 50주를 간격 맞춰
허리쯤 올라오는 무궁화를 심었다

재래종 무궁화는 7월쯤 되면
꽃이 피고 자연스러운 조경의 모습으로
시민의 마음에 새겨질 것이다

생각을 정리하여 선악을 구분하며
하소연하고 싶은 답답한 심정들을
기념비 앞에서 평상심을 지니고
시민의 안녕과 평화를 심었다

혼의 노래
-청란의 수묵

먼동 터져 햇빛이
부챗살로 다가오면
반듯한 이맛전에
스며드는 지혜

두 손 모은 묵묵한 붓질
선필이 다녀갔나
지나간 자국마다
꽃 피고 새 울고 신비롭게
자라나는 사군자

세상 사람 모두 지나와
이 그릇에 담긴 축복
운필 행운의 찰나
더 낮게 더 고르게 깊이
흐르는 붓끝

청초한 난촉
공간에 응수하고
창공에 두 팔 벌려
지혜를 마시는 여인

사랑

당신이 병석에서 일어나면
내 훨훨 날아올라 어디든지 올라가
당신의 이름 높여 불러 드릴게요
비록 서투른 솜씨일지라도
내 삼단 머리 잘라서 미투리를 지어
건강하신 당신의 발이 편하다 하는
신발이 되어 드릴게요

스칸디나비아 가장 높은 침엽수
뿌리째 뽑아 칠흑의 어둠 속을 헤쳐
가장 큰 분화구 깊이 담갔다가
오밤중 모두가 잠든 미명을 틈타
당신의 존함을 하늘에 써드리리다

가시밭길 두려워 서성이는 당신의
가슴팍을 파고들어 가장 어린 목소리로
용기 한 주먹 붉은 심장에 싸서
당신의 주먹에 쥐어드리리니
시퍼런 서슬같이 고통의 강 건너셔서
기다리는 제 손을 잡으신다면
그 자리에서 한 줌의 재가 되어
바람 속에 미소 머금은 분진으로
세상 모퉁이 휘휘 돌고 돌아가리다

오월이라 단오 그네가 한창일 텐데
당신이 신고 가실 미투리 여분 삼으려
내 삼단 머리 자라기만 빌고 있다오

노크

열쇠를 연다는 것은
어둠에 대한 노크이다
사물들이 캄캄한 공간에서
숨소리 내지 못하고 묶여 있다가
열쇠를 열고 전등을 켜면
모든 사물이 활기를 찾는다

전화로 안부하는 것은
그 안부만으로 활력을 찾아서
멈췄던 시간이 다시 돌아가고
무엇인가 분주한 활동이 시작된다

노크를 받는다는 것은
존재에 대한 새로운 인정이다
가능성의 전제로 다가가는 것이다
노크를 한다는 것은

밝은 표정으로 미소 짓는 것은
잠을 깨우는 희망의 몸짓이다

봄의 향기

푸른 대지는 희망을 머금고
대자연의 온화한 기상을 드러내어
분주한 몸짓으로 생동하여
봄의 향기를 준비하고 있다

숲이 우거져 녹색지대를 이룬
풍만한 대지는 만삭한 어머니
튀어나올 듯한 가능성이다

열매를 익게 하는 햇빛의 조화
남부럽지 않은 풍성한 결실
이 가을의 충만은 은혜로움이다

초겨울 빈 들에서 삭막한 바람 불 때
그 쓸쓸함에 대한 감사의 기도는
넉넉한 곡간과 보람의 순간들

희망을 시작한 봄의 향기로
빚어진 사계절의 조화로움은
진정 마음의 향기로 이어진다

봄비

봄이 왔는데도 쌀쌀한 저녁
꽃을 시샘하듯 돌바람이 쓸면
그 장황했던 벚꽃이 우수수 떨어진다

봄비라고 하기에는 사나운 비바람
가지 끝에 매달렸던 애매한 꽃잎이
꽃비와 섞여 무참하게 떨어진다

봄비라면 얌전한 새색시 닮아
봄의 전령들이 모두 좋아하는
단비와 같은 생명의 봄비였다

춘우세불적(春雨細不滴)*이라는 말 같이
봄비는 가늘어서 쌓이지 않는다는
그 봄비는 이제 가늠할 수 없는
계절의 실종으로 봄비마저
당황하는 쌀쌀한 저녁이다

*정몽주의 시 「춘흥(春興)」

최관수(崔寬洙)

"裸木, 어머니, 삶"으로 문예사조 신인상 수상(姜凡牛추천) 등단
"현대문학의 미래를 진단한다"
시와 창작 문학평론가(李殷執추천) 등단
한국시인협회 회원
국제PEN클럽한국위원회 위원
한국문인협회시서화진흥위원회 회원
충청남도문인협회 회원
보령시문인협회 회원

〈수상〉
충남문학작품상 수상 충남문학대상 수상 만세보령교육문
화대상 수상 계룡경로대상(1천만원수혜)수상 한국사회복지
대상 수상 국무총리상 등 187종 수상
〈자격증〉
작가 문학평론가 사회복지사 효교육지도사 인성교육지도사
민주시민교육강사 한자교육지도사범 웰다잉교육지도사 한
국노인통합교육지도사 충청남도예절지도사 한국전례원교수
충청효교육원교수 충청창의인성교육원교수 성균관전인(자문
위원)
〈경력〉
충청남도전례원장역임(2대원장) 통일부통일교육위원역임 충청남
도민방위소양강사역임 보건복지부가정의례위원 가훈갖기협의회
(10,000가정완료)회장 충남정신발양보령시(도본부)협의회장 바르
게살기운동보령시협의회장역임 보령문화예술인회회장역임
성산효대학원대학교효교육학석사전공

발견의 본능

최관수 지음

발행처   도서출판 청어
발행인   이영철
영업   이동호
홍보   천성래
기획   남기환
편집   이설빈
디자인   이수빈 | 김영은
제작이사 공병한
인쇄   두리터

등록   1999년 5월 3일
         (제321-3210000251001999000063호)

1판 1쇄 발행 2023년 12월 27일

주소   서울특별시 서초구 남부순환로 364길 8-15 동일빌딩 2층
대표전화 02-586-0477
팩시밀리 0303-0942-0478
홈페이지 www.chungeobook.com
E-mail   ppi20@hanmail.net

ISBN   979-11-6855-227-2(03810)